‹ 给未来科学家的启蒙绘本 ›

科技工作者每天都在做什么？

[英] 简·威尔舍 / 著　[英] 李珉琪 / 绘　陈宇飞 / 译

青岛出版集团 | 青岛出版社

目　录

职业探索之旅即将开始，你准备好了吗？
一起去了解科技工作者们的日常工作吧！

第2页
自然保护区

第15页
医院

第6页
保健中心

第18页
博物馆

第10页
北极科考站

第22页
未来之城

第26页
航天指挥中心和空间站

第42页
地球科学中心

第30页
天文台和天文馆

第46页
发电厂和燃气加工厂

第35页
航空航天中心

第50页
大　学

第38页
植物园

第54页
计算机技术实验室

第58页 …………… 索　引

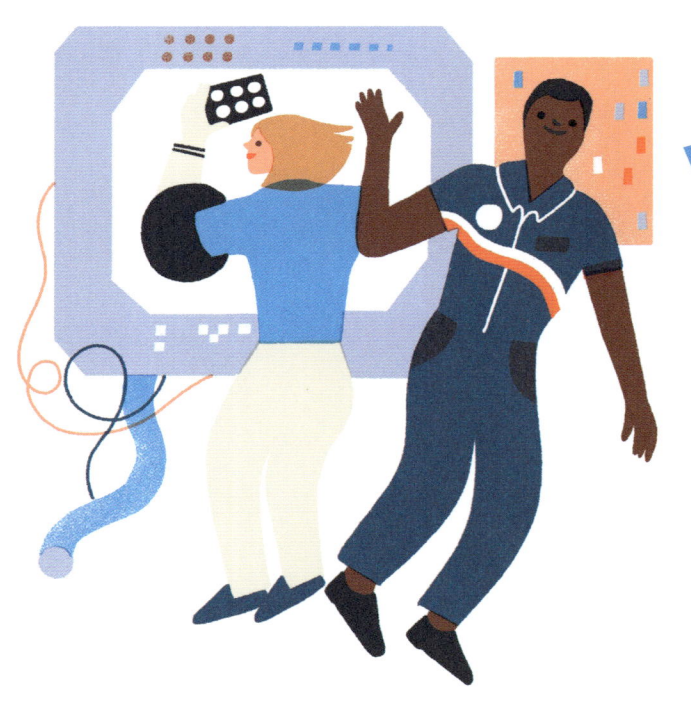

在这次旅行中,我们要去参观 14 个不同的工作场所;参观完每个地方,我们一般会访问在那里工作的 8 位科技工作者。每一个接受访问的人都在前面的工作场所里出现了,而且呈现着工作时的面貌,你能找到他们吗?

是什么？为什么？怎么做？科技工作者们善于发现各种问题，并用实验来检验自己的理论或假设。实验往往要进行很多次才能成功，实验结果可以帮助科技工作者们发现事物的运行规律。

科技领域的职业多种多样，有医生和护士为我们守护健康，有兽医为动物们治病，有考古学专家根据遗物和遗迹来研究古代的历史，有人工智能工程师规划未来的智慧生活，还有发明家不断创造新事物和新技术……

无论从事什么职业，科技工作者们每天都在观察、思考和实验，为接下来的工作制订计划。

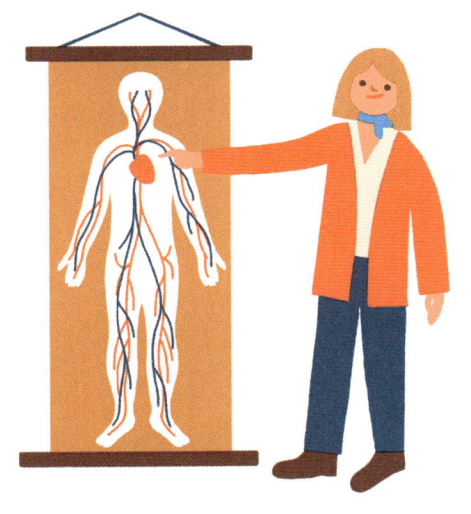

自然保护区

现在,自然保护区里一片鸟语花香、蜂飞蝶舞。行走其间,你会发现满目皆是青山绿树和飞禽走兽。这里还有许多科技工作者,他们正在研究大自然,保护野生动植物。

我负责保护野生动植物及其栖息地，让它们在这里能够安然无恙地繁衍生息。

植物的种子非常神奇！我研究从种子发芽到长成植株的过程，观察植物在四季中的变化。

拯救农村生态环境刻不容缓！我呼吁人们要热爱大自然，守护美好家园。

水无处不在，除了地上分布着江河湖海等，就连地下也有河流。我的工作就是检测各种水体，看看其中的水干不干净。

我致力于研究各种各样的野生动物。我最新的研究项目需要长时间跟踪、观察鹿群。

动物生病或者受伤时，我会给它们喂食并精心治疗。另外，我很喜欢照顾刚出生的动物宝宝。

我喜欢蝴蝶。在观赏时，我尽量不惊扰它们。我正在整理一份图表，把我观察到的所有蝴蝶和其他昆虫都记录下来。

我是研究鸟类的专家。我安安静静地待在隐蔽的观鸟屋里，用双筒望远镜仔仔细细地观察鸟儿。

保健中心

"请问您预约了哪位医生?"在保健中心里,不同的科室有不同的保健专家,他们各有所长,各司其职,比如检测视力、洗牙等,让你从头到脚、里里外外都保持健康。

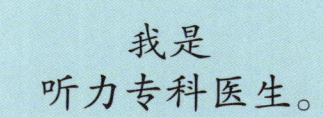

我是医生。

当你身体不舒服的时候，我会帮你查找病因，然后制订诊疗方案，决定用不用药、用什么药。

我是药剂师。

我按照医生给病人开的药方配药，再三核对后才会把药物交出去。

我是听力专科医生。

我也是一名听力学家。我用专门的仪器给病人检查耳朵，测试听力。在必要的时候，我还会给病人安装助听器。

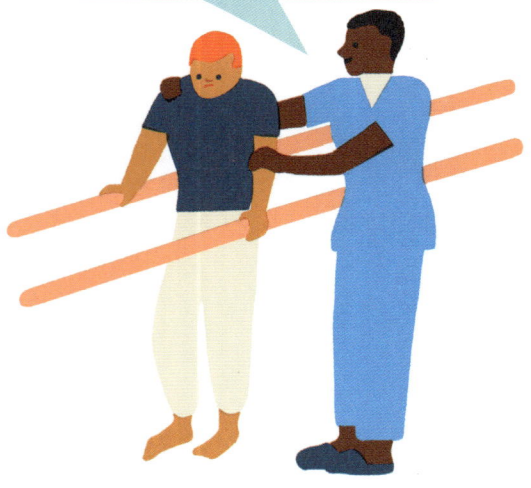

我是物理治疗师。

"来，动一动！"在人们病愈或者接受手术之后，我会帮助他们进行功能锻炼，从而恢复健康。

我是牙医。

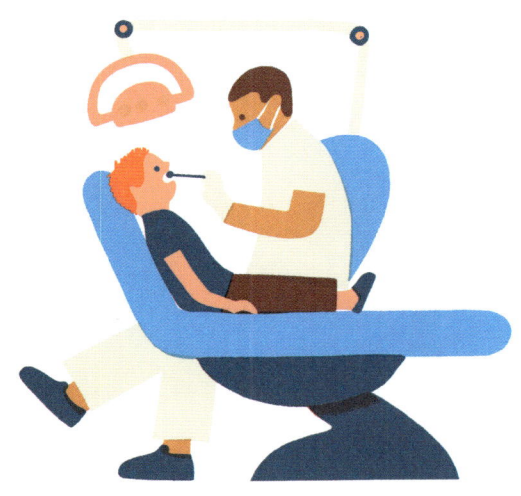

看见干干净净的牙齿，我就心情大好！我不但给病人检查牙齿和牙龈的健康情况，还治疗蛀牙。

我是验光师。

我会为你检测视力。如果你的视力不正常，我会帮你开出合理有效的验光配镜处方，使你能看得清楚。

我是社区护士。

我经常对社区里的病人进行家访，关注他们的健康状况，提供医疗护理服务和药物。

我是心理治疗师。

我的日常工作内容是听来访者倾诉，深入地跟他们沟通交流，帮助他们了解自己。

北极科考站

好冷啊！这里是地球最北端的极寒之地。科技工作者们每年要在这里连续生活和工作好几个月，研究北极的动植物和厚厚的冰层等。他们通力协作，共同保护着北极的生态环境。

我正在努力研究海洋中动植物的共生关系,我的目标是成为一名海洋生物学家。

海洋动植物是我的兴趣所在。我不光研究它们,还关注它们的生存环境有没有遭到破坏。

冰层之下有一个别样的世界,很值得探索!我除了观察动物们如何在冰冷的水里生活,还采集水样,带回科考站供人研究。

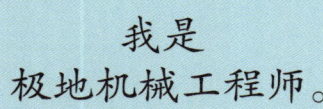

这里的极寒天气能把机器给"冻僵"!我负责维护保养卡车、雪橇等交通工具,使它们能正常运转。

我是
动物学家。

我研究生活在北极地区的动物们，其中北极熊是我特别关注的。为了方便在野外跟踪、观察北极熊，我会给它们装上能够定位的电子设备。

我是
地质学家。

我研究地壳，通过采集雪、水和冻土等样本，了解事物如何随着时间的推移而发生变化。

我是通信工程师。

我们在这儿过着几乎与世隔绝的生活，与外界保持联系非常重要。确保大家和亲朋好友以及世界各地的科技工作者通信畅通是我的职责所在。

我是
户外向导。

我喜欢高山和冰雪。野外考察时，我在队伍的最前面探路，确保队友们能在恶劣的自然环境中平平安安地进行科考工作。

医　院

来到医院，你会被妥善地照料护理。这里不分昼夜，一直都有医生、护士和其他医务人员忙着救死扶伤，帮助病人恢复健康。这里不但是救护车运送急症病人的目的地，也是很多小宝宝来到人间的第一站。

我是护士。

我配合医生治疗病人,给他们按时服药、换药等。为了让患者安心养病,我有时也会陪他们聊天。

我是急诊科医生。

如果你遭受外伤来到急诊科,我就是你见到的第一个医生。我会帮你迅速处理伤口,根据伤情判断是否需要专科医生接诊。

我是儿科医生。

如果小朋友生病了,就带他来找我吧。我们不仅为患病的孩子看诊,也接待前来咨询的大人们。

我是助产士。

我除了帮助产妇分娩,还护理产妇,照顾新生儿。看到他们健健康康、舒舒服服的,我就很快乐。

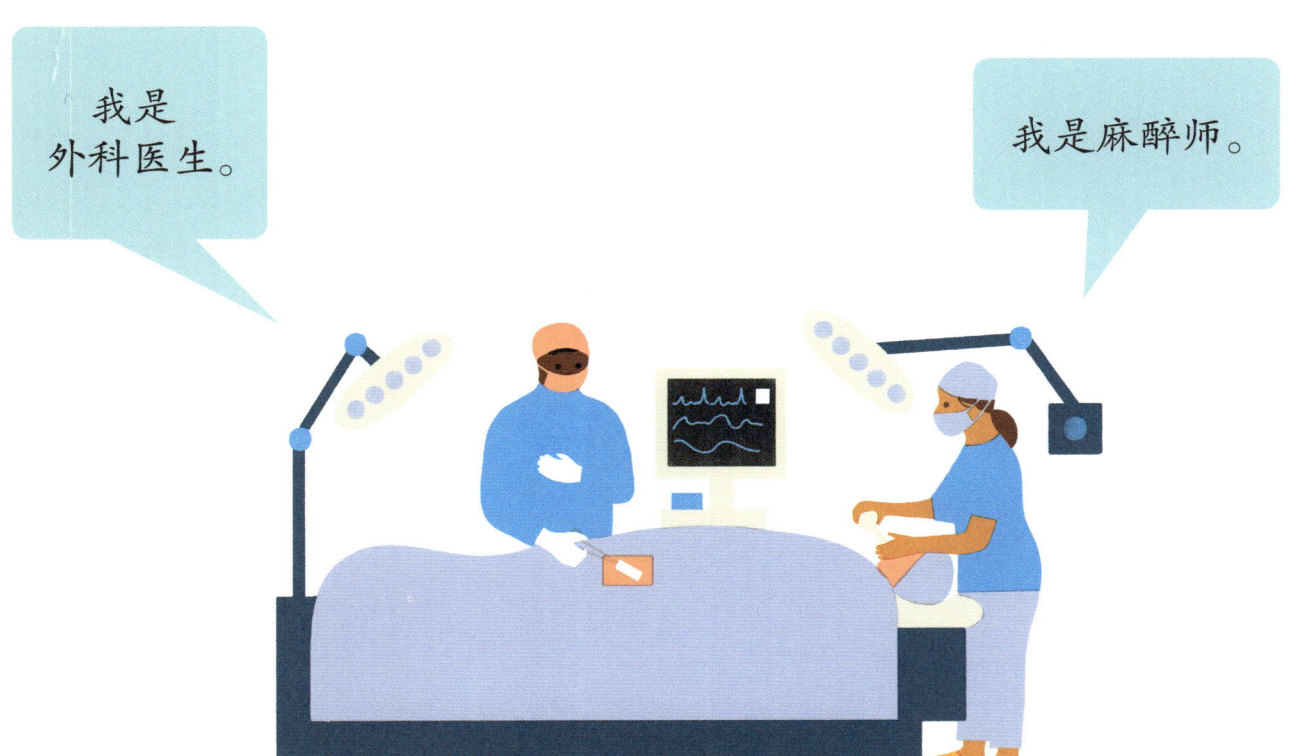

> 我是外科医生。

> 我是麻醉师。

我为病人施行外科手术，检查身体内部的情况。病人醒来后感觉好多了，我就放心了。

我是外科医生的好搭档。我用药物帮助病人暂时失去知觉，让他们在感觉不到疼痛的情况下接受手术。

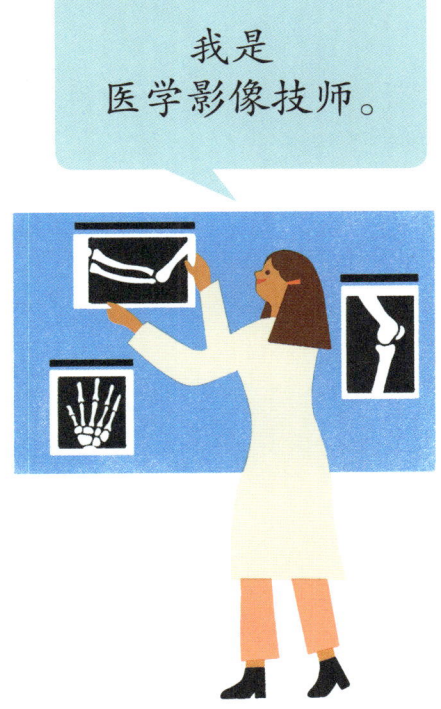

> 我是医学影像技师。

> 我是实验室技术员。

我是能够透视人体的魔术师！我负责拍摄名叫"X光片"的特殊照片。看看它们，医生就能判断病人有没有骨折。

我在实验室里工作，用显微镜等仪器来检测血液和其他组织样本。我出具的检测结果能为医生制订诊疗方案提供依据。

博物馆

准备好大开眼界吧！在博物馆里，你能看到各种奇奇怪怪的东西，比如恐龙的骨架、火箭、古代雕像等，这些东西都被称作"展品"。这里还有一群科技工作者围绕着展品做收集和研究工作。

我是博物馆馆长。

我负责管理博物馆里的藏品，决定它们以什么样的方式展示给公众。我还指导其他工作人员收集新的藏品，策划新的展览。

我是古生物学家。

除了研究恐龙，发表研究成果，我还帮助博物馆的工作人员搭建真实大小的霸王龙骨架模型！

我是文物修复师。

我的职责是修复古画，尽量让它们重焕光彩。工作时，我经常要聚焦在方寸大小的残损之处，一点一点地精心还原——慢工出细活！

我是航天科学家。

我帮博物馆策划航天主题展，确保每一个知识点都不出差错。此外，我还为观众讲解"太空旅行"的知识。

> 我是考古学家。

为了揭示古人的生活样貌，我把祖先遗留的东西发掘、清理出来，仔仔细细地研究。

> 我是鉴定专家。

我是一个有着特殊本领的"侦探"，能带你穿越时空。我在实验室里对各种材料进行检测，从而判断出它们的年代。

> 我是博物馆讲解员。

我给小朋友们讲解跟展品相关的有趣知识，还带领他们做互动游戏，比如知识问答和寻宝游戏。

> 我是小学生。

我正在参加学校组织的博物馆研学活动，我边参观边做笔记。为了将来能当一名宇航员，我要多多积累知识。

未来之城

大家一起来建设这座现代化城市吧！在开工之前，科技工作者们就做了许多准备工作，比如规划并设计每条路、每架桥和每座建筑物，让它们完工后既安全又实用。只有这样，这座未来之城才能高效运转，充满活力！

我是道路规划师。

我负责规划在什么地方修建新路，并且确保整个地区的公路能与火车站、机场等交通枢纽相互连通。

我是桥梁工程师。

我的工作内容是设计新桥，修复旧桥。最重要的是，我要确保每座桥都坚固耐用！

我是地下管道与隧道专家。

在你的脚下，有一座由地下管道和隧道组成的"网络"在日夜运行。我的职责就是修建并维护这些管道和隧道，确保它们能正常使用。

我是安全工程师。

"安全第一"是我的工作准则。我要确保人们生活、工作和学习的场所，以及使用的机器设备，全都安全无隐患。

我是
工程测量员。

嗞嗞……听到电子测距仪发出的声音了吗?我利用它来绘制地形图,标出土地利用现状以及每块地的所属情况。

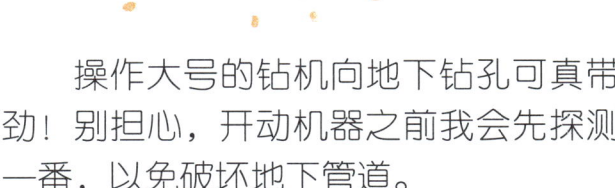

我是
钻探技师。

操作大号的钻机向地下钻孔可真带劲!别担心,开动机器之前我会先探测一番,以免破坏地下管道。

我是
交通规划师。

我讨厌交通堵塞!我想方设法让道路畅通,比如用计算机根据不同车流量来调节交通信号灯的时间长短等。

我是
市政工程师。

我负责规划城市的各种公共建筑,比如机场和火车站。我和设计团队、施工团队密切配合。

航天指挥中心和空间站

在这样的地方工作，想想就兴奋！位于地面的航天指挥中心里，科技工作者们在进行着发射前的准备工作……

3，2，1，点火！一架航天飞机腾空而起，直上云霄。不久之后，宇航员将进入国际空间站——一座飘浮在太空中的巨型实验室，在那里工作和生活一段时间。

我从事的航天工作棒极了！航天器即将发射，我和地面指挥人员还有宇航员密切沟通，确保一切准备就绪。

我们地面指挥人员各司其职、通力合作，确保航天器顺利发射。

执行任务时，我们宇航员各有分工。我坐在驾驶位上，负责操纵航天器进入太空。整个过程中，我都要和指挥中心保持联络。

我是负责操作航天器上的有效载荷（如仪器、设备等）的宇航员。我们正在把一颗人造卫星送入太空。

"喂，能听清吗？"我负责保证通信设备在太空中正常运转，让地面和太空的工作人员能时刻保持联络。

我负责绘制航天器轨道，并且对它往返于地球和太空之间的过程进行实时追踪。

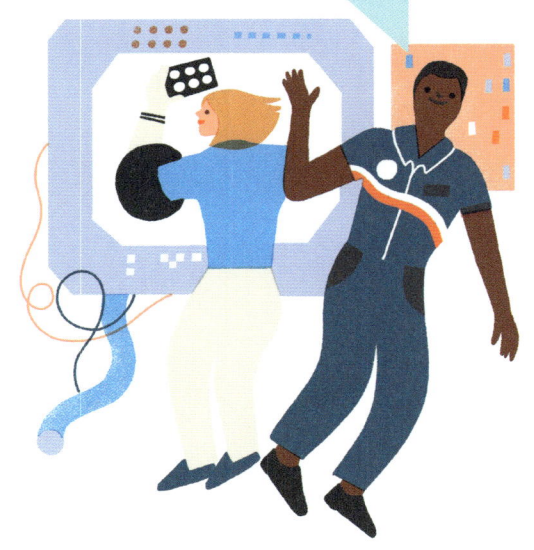

国际空间站是世界多国科技工作者共同开展科研项目的地方。我总揽全局、协调各方。

我既是宇航员，又是医生。在空间站里，有人不舒服了就找我，我随叫随到。此外，我还要做一些医学实验。

天文台和天文馆

仰望星空是一件多么美妙的事情！天文台是观赏星空的最佳地点。在这里，科技工作者们用功能强大的天文望远镜观测恒星、行星和卫星（如月球）等，探索银河系以及更遥远的宇宙。

我是天文望远镜技师。

这台巨型望远镜可以让你观察到很遥远的天体，让它们看起来更大、更清晰。我负责它的日常维护，保障所有部件正常运转。

我是天文学家。

我对宇宙着迷不已，很想知道它是如何运行的。我喜欢用望远镜来观测、研究行星、恒星和星系。

我是天文馆讲解员。

我结合天文馆穹顶上的投影，绘声绘色地向观众讲述神秘美丽的星空中发生的事情。

我是科普电视节目主持人。

我在电视上主持各类科学节目，采访各个领域的专家。我上大学时学的是与科学相关的专业，我也是科学达人。

我是无线电工程师。

我用设备发射和接收无线电信号,通过这种方式收集信息,进而描绘出太空中的情况。

我是卫星工程师。

人造地球卫星是一种用火箭发射到太空的人造天体,它一边按一定轨道绕地球运行,一边向地球传输信息。我的工作就是弄懂这些信息。

我是科普作家。

我正在创作一本教你观察恒星和行星的书。这本书里会有许多有价值的内容和新的科学发现,很值得一读。

我是小学科学教师。

平时,我在课堂上带领学生做科学实验,探索事物的规律。这次课外活动,我们走进天文馆来了解太空。

航空航天中心

科技工作者们聚集在这里,设计、制造和测试各式各样的飞行器。塔台上,有人一直盯着雷达屏幕,关注空中的交通情况。正是因为有他们,大型喷气式飞机才能在上万米的高空轰鸣,直升机才能在空中盘旋……准备好起飞了吗?

我的工作很酷！我设计并测试火箭，确保它能够顺利地往返于地球和太空之间。

我的工作需要用到空气动力学知识，通俗地说，就是研究空气如何在飞行器的表面流动。这架飞机的每个部分都是我设计的。

我负责驾驶飞机，和机组其他人员一起让它从跑道上起飞，然后在高空中平稳飞行，最后安全着陆，顺利抵达目的地。

我是机长的助手。起飞前，我会把所有仪表都检查一遍。飞行过程中，我用无线电和地面保持联络。

我是
机械工程师。

我设计各种各样的飞行器零件。只需听听发动机的声音,我就知道用不用对它进行微调。

我是
维修工程师。

让我们来修好它!飞机出故障时,我会找出原因,进行维修。平时,我会对飞机的所有部件逐一检查,例行保养。

我是救援直升机驾驶员。

警报响起,紧急出动!我驾驶直升机赶到事故现场,让医生对伤员进行急救,然后第一时间把他们送到医院。

我是空中交通管制员。

"一切就绪,可以降落!"我负责空中的交通管制工作——让飞机互相保持距离,以免发生"空中拥堵"。

植物园

四季流转，植物的变化纷繁。行走在植物园里，穿梭在树林、菜畦、苗圃和充满热带风情的温室展馆之中，满眼所见都是奇花异树。这里也活跃着许多科技工作者的身影，他们正在研究各种植物，探索它们生长的奥秘。

我是树木学家。

树木能净化空气！我对此进行大力宣传，好让更多的人知道。另外，我还会照顾生病的树木。

我是植物学家。

我如果没在植物园里研究植物，就是外出到山顶上或沼泽中去寻找珍稀野生植物了。

我是农业科学家。

我检测土壤样本，培育出适应性更强的农作物品种，从而帮助农民增产增收。

我是药用植物学家。

我在实验室里研究某些植物的药用价值。我从植物的根茎叶中提取有效成分，把它们制成药物。

我是
树艺师。

我常被人称为"树医生"。为了让树木保持健康，我时常爬到树上，用安全带固定好自己，然后把生病或受损的老树枝锯掉。

我是
菌类研究专家。

紧急提醒！为了生命安全，千万不要采摘、食用野生蘑菇！

我对蘑菇情有独钟！我周游世界，收集千奇百怪的菌类，再把它们放到显微镜下研究。

我是
调香师。

嗯……这朵玫瑰真香！我把不同的花香精油混合起来，调配出沁人心脾的香水。我的嗅觉超级灵敏！

我是图书管理员。

这座植物园中有个图书馆，里面收藏了大量的关于植物的图书、杂志和数字文献，涉及的植物有几千种！我负责它的管理工作。

41

地球科学中心

噼啪噼啪！轰隆轰隆！哗啦哗啦！这里的科技工作者们专门研究我们壮丽而奇异的地球，火山爆发、地震、海啸以及极端天气都属于他们的研究范围。

我是气象学家。

我观测、研究天气现象及其变化规律，追踪云、雨、雪、风在全球范围内的运动。

我是天气预报员。

明天是雨天还是晴天？我利用科学知识来预测天气。图上的这个线条叫"锋"，用来表示冷、暖气团接触的地带。

我是地质学家。

我研究地球的岩质外壳（即地壳）和它的形成方式。地壳里有许多化石，这是古代动植物在岩石中留下的印记。

我是海洋学家。

地球上所有的海洋，无论是冰封的北冰洋还是温暖的热带海洋，都是我的研究对象。从波浪、潮流到海底的地形，我关注海洋的方方面面。

气候就是概括性的气象情况。我研究气候变化，比如全球变暖给人类生活带来的影响。

我研究火山，它的内部蕴藏着炽热的岩浆。注意，休眠火山仍有可能喷发！

地震就是地壳震动，通常由地球内部的变动引起。我的工作内容之一是用仪器来测量地震的强度。

水是生命之源。我检测海水、河水等，看它们有没有受到污染。此外，我也研究水在自然界的时空分布、变化规律。

发电厂和燃气加工厂

对我们来说,轻轻一按开关,就能启动机器。可是你知道吗?机器的运转需要消耗电力和燃气等能源或燃料。在发电厂、燃气加工厂里,科技工作者们的任务就是确保电力通过电缆、燃气通过管道输送到千家万户中。

我是
发电厂厂长。

我是电力系统工程师。

我是这里的头儿。每天我都阅读各种报表，了解整个工厂的电能生产情况。我带领团队开展安全生产大检查，消除一切安全隐患。

电很危险！我负责监管电力的输送过程，确保电力网安全畅通。

我是
太阳能工程师。

我是
风力发电工程师。

太阳能电池板可以吸收阳光中的能量，把它转换成电能。我的工作就是把太阳能电池板安装在方便采光的房顶上。

看这里！我在进行高空作业——对风力涡轮机进行维护和修理。它在风力作用下转动发电，为发电厂提供电能。

我是燃气系统工程师。

我走进千家万户,为燃气灶、燃气热水器等以燃气为燃料的家用电器安装燃气管,跟燃气加工厂的供气管道连通。

我是可再生能源研究员。

太阳能、风能和潮汐能等天然能源被统称为"可再生能源"。我正在研究如何利用它们。

我是新能源研究者。

我研究各种能够驱动机器工作的新能源,确保我们未来使用的能源不会对地球造成污染。

我是核电工程师。

原子是构成物质的微小微粒,原子核发生裂变或聚变反应时会产生巨大的能量,即核能。核能发电厂把核能转化成电力,我的职责就是保障安全生产,妥善处理核废料。

大　学

在大学里从事科学研究工作，别提多棒了！最高级别的大学教师常被尊称为教授。他们在这里讲解科学的奥秘：揭示人体运转的秘密，破解超乎想象的数学难题……在大学里，大家可以畅谈自己关于科技发展的奇思妙想。

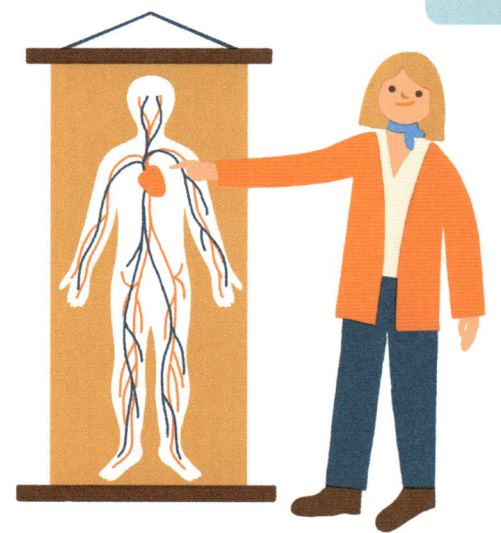

"我是生物学讲师。"

我站在讲台上，为学生讲解人体是如何运转的，从头到脚、里里外外地探寻人体奥秘。

"我是医学生。"

我正在接受严格的医学训练，好成为一名医生。我不仅在大学里学习人体科学理论知识，还去医院实习，担任医生的助手。

"我是化学教授。"

咕嘟咕嘟……啪啪……嘣！化学实验很神奇吧？我研究和讲解物质的组成、结构、性质和变化规律，有时会在学术期刊上发表科研成果。

"我是物理学家。"

我提出各种关于万物运转的宏大问题，通过不断的观察和思考来寻求答案。

我是数学家。

数学让我痴迷不已！我经常和科学家、工程师还有金融机构的从业人员合作，用数学知识来解决问题。

我是经济学家。

我不仅研究人们怎么挣钱和花钱，还关注世界各国或地区在商品和劳务等方面进行的交换活动。

我是社会学家。

我喜欢这门研究社会生活、社会制度、社会行为等的综合性学科。我的研究经常从生活中的小事出发，比如询问不同的人："你最喜欢的食物是什么？"

我是心理学专业的学生。

我研究人们的心理过程和心理特征，尤其关注人们陷入心理问题时的状态。我想成为心理科医护人员，正在接受各种训练。

计算机技术实验室

这里是科技创造奇迹的地方！智能机器人被制造出来，发明家们不断地迸发出灵感，互联网让人与人之间的联系更加紧密……快来看看这群头脑灵活、思维敏捷的人是怎样工作的吧！

我的脑子里装满了奇思妙想。我改进现有的工作方法，发明新的机器和工具，让工作变得高效而简单！

人工智能时代来临！我的工作是设计机器人。为了全方位地预览机器人被制造出来的样子，我会在计算机上绘制出它的三维模型。

我设计、开发多种计算机程序，其中既有好玩儿的计算机游戏，也有管理飞机起飞、降落的软件系统。

我给计算机编写代码或指令，让你能够在屏幕上查看图片和文字信息等。

> 我是系统工程师。

我的绰号叫"牵线搭桥先生",因为我帮助不相连的机器设备(比如计算机与打印机)互相"沟通"。

> 我是信息技术工程师。

你可以把我的工作理解为"给计算机治病"。我不但把出问题的计算机修好,还负责预防计算机病毒。

> 我是通信工程师。

在世界各地,每时每刻都有人用电话或计算机交流。我的职责就是检查所有的通信设备,保障它们正常运行。

> 我是音响师。

我坐在调音台前,用旋钮对各种声音进行调控,让你在听歌或观影时能体验到很棒的音响效果。

索 引

安全工程师 …………………… 24	护　士 …………………………… 16
博物馆馆长 ………………………… 20	化学教授 ………………………… 52
博物馆讲解员 ……………………… 21	环境保护者 ………………………… 4
导航工程师 ………………………… 29	火箭科学家 ……………………… 36
道路规划师 ………………………… 24	火山学家 ………………………… 45
地面指挥人员 ……………………… 28	机器人工程师 …………………… 56
地下管道与隧道专家 ……………… 24	机械工程师 ……………………… 37
地震学家 …………………………… 45	机　长 …………………………… 36
地质学家 ………………………… 13 / 44	极地机械工程师 ………………… 12
电力系统工程师 …………………… 48	急诊科医生 ……………………… 16
动物学家 ………………………… 5 / 13	计算机编码员 …………………… 56
儿科医生 …………………………… 16	鉴定专家 ………………………… 21
发电厂厂长 ………………………… 48	交通规划师 ……………………… 25
发明家 ……………………………… 56	经济学家 ………………………… 53
风力发电工程师 …………………… 48	救援直升机驾驶员 ……………… 37
副驾驶 ……………………………… 36	菌类研究专家 …………………… 41
工程测量员 ………………………… 25	考古学家 ………………………… 21
古生物学家 ………………………… 20	科普电视节目主持人 …………… 32
海洋生物学家 ……………………… 12	科普作家 ………………………… 33
海洋生物研究员 …………………… 12	科学潜水员 ……………………… 12
海洋学家 …………………………… 44	可再生能源研究员 ……………… 49
航空工程师 ………………………… 36	空间站指挥官 …………………… 29
航天科学家 ………………………… 20	空中交通管制员 ………………… 37
航天器驾驶员 ……………………… 28	麻醉师 …………………………… 17
航天总指挥 ………………………… 28	鸟类学家 ………………………… 5
核电工程师 ………………………… 49	农业科学家 ……………………… 40
户外向导 …………………………… 13	气候学家 ………………………… 45

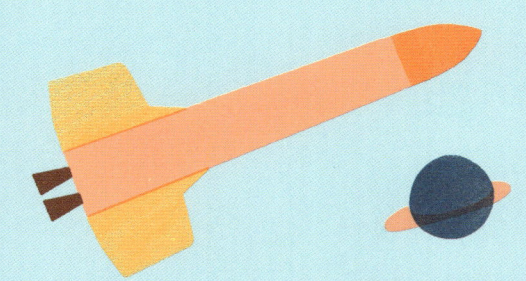

气象学家	44	无线电工程师	33
桥梁工程师	24	物理学家	52
燃气系统工程师	49	物理治疗师	8
软件开发工程师	56	系统工程师	57
社会学家	53	小学科学教师	33
社区护士	9	小学生	5 / 21
生物学讲师	52	心理学专业的学生	53
实验室技术员	17	心理治疗师	9
市政工程师	25	新能源研究者	49
兽 医	5	信息技术工程师	57
树木学家	40	牙 医	9
树艺师	41	验光师	9
数学家	53	药剂师	8
水文学家	45	药用植物学家	40
水质专家	4	医疗宇航员	29
太阳能工程师	48	医 生	8
天气预报员	44	医学生	52
天文馆讲解员	32	医学影像技师	17
天文望远镜技师	32	音响师	57
天文学家	32	载荷专家	28
调香师	41	植物学家	4/40
听力专科医生	8	助产士	16
通信工程师	13 / 29 / 57	自然资源保护专家	4
图书管理员	41	钻探技师	25
外科医生	17		
维修工程师	37		
卫星工程师	33		
文物修复师	20		

图书在版编目（CIP）数据

科技工作者每天都在做什么？／（英）简·威尔舍
(Jane Wilsher) 著；（英）李珉琪绘；陈宇飞译 . — 青岛：
青岛出版社, 2023.5
　　ISBN 978-7-5736-0987-8

Ⅰ. ①科… Ⅱ. ①简… ②李… ③陈… Ⅲ. ①儿童故事－图画故事－英国－现代 Ⅳ. ① I561.85

中国国家版本馆 CIP 数据核字（2023）第 046772 号

What Do Scientists Do All Day? © 2020 Quarto Publishing plc
Text © 2020 Jane Wilsher
Illustrations © 2020 Maggie Li
All rights reserved.
No part of this publication may be reproduced, stored in a retrieval system, or transmitted, in any form, or by any means, electrical, mechanical, photocopying, recording or otherwise without the prior written permission of the publisher or a licence permitting restricted copying.

本书中文简体字版权经英国 Wide Eyed Editions 授予青岛出版社有限公司，由青岛出版社独家发行出版。
版权所有，侵权必究。
山东省版权局著作权合同登记号 图字：15-2019-365 号

	KEJI GONGZUOZHE MEITIAN DOU ZAI ZUO SHENME?
书　　名	科技工作者每天都在做什么？
著　　者	[英] 简·威尔舍
绘　　者	[英] 李珉琪
译　　者	陈宇飞
出版发行	青岛出版社（青岛市崂山区海尔路182号，266061）
本社网址	http://www.qdpub.com
邮购电话	0532-68068091
责任编辑	梁　颖
内文设计	戊戌同文
印　　刷	北京利丰雅高长城印刷有限公司
出版日期	2023年5月第1版　2023年5月第1次印刷
开　　本	8开（965 mm×635 mm）
印　　张	8
字　　数	80 千
印　　数	1-8000
书　　号	ISBN 978-7-5736-0987-8
审 图 号	GS 鲁（2023）0067 号
定　　价	42.00 元

编校印装质量、盗版监督服务电话：4006532017　0532-68068050
本书建议陈列类别：图画书